릿 길을

셔 벗

서 릿길을
셔 벗 셔 벗

한뼘일기 | 싱고

창비

계절 따라 쓰고
마음 따라 읽는
한뼘 일기

언젠가 어머니에게 주먹을 쥐고 월별로 날짜 세는 법을 배웠던 기억이 납니다.

"뼈가 불룩 튀어나오면 큰 달(31일), 움푹 들어가면 작은 달(30일)이야. 새끼손가락에서 두번 찍고 거꾸로 돌아오면 돼. 2월은 빼고."

평생 농사를 지었던 어머니는 하늘과 땅을 살피며 날짜를 셈하고, 농사일을 계획했습니다. 가령 모 심을 무렵에 비가 오면 풀이 질겨진다거나 무에 바람 들기 전에 김장을 해야겠다고 말했습니다. 농사 절기에 따른 어머니만의 살림법이 있었지요.

누군가는 자연에서 '위로'나 '치유'를 떠올리겠지만, 어머니에게 자연은 치열한 노동의 현장이었습니다. 태풍이 지나가면 종아리에 붙은 거머리를 떼며 쓰러진 벼를 일으켜 세웠고, 땡볕 아래서 살갗이 벗겨지도록 풀과 씨름했습니다. 고된 일과를 보내면서도 길가에 핀 백일홍을 보면 걸음을 멈추고 눈을 맞추곤 했습니다. 어머니의 땅에서 보고 들은 모든 것과 대수롭지 않게 나눴던 이야기가 이 책의 거름이 되었습니다.

자연(自然)이라는 말을 되짚어봅니다. '사람의 힘이 더해지지 않고 스스로 실재하는 상태'를 자연이라고 말합니다만, 저는 오랫동안 자연을 제 감정을 투사하고 비유하는 대상으로 삼아왔습니다. 문학이라는 이름으로 자연으로부터 가져온 것을 언젠가 제자리로 돌려줘야 할 것임을 압니다.

한편, 자연의 생기와 신비를 구체적으로 실감하는 일이야말로 자연에 대한 감수성을 회복하려는 노력과 같다고 봅니다. 이러한 보살핌은 세상에 무엇 하나 하찮은 생명은 없다는 인식과 연결됩니다. 어쩌면 이 지점에서 우리는 사람과 자연의 관계회복을 위한 실마리를 찾을 수 있을지도 모릅니다. 그런 마음으로 한뼘일기를 썼습니다.

'싱고'라는 필명으로 어느덧 세권의 책을 묶었습니다. 『서릿길을 셔벗셔벗』은 앞서 '한뼘시'라는 이름으로 연재했지만, 독자 여러분께 한결 친근하고 편안하게 이야기를 들려주고 싶은 바람에서 부제를 '한뼘일기'로 고쳤습니다.

'한뼘일기'는 단구(短句)나 동요 같은 간결한 형식에 계절의 변화와 감미를 담은 기록입니다. 일상에서 불현듯 반짝이며 찾아오는 착상의 순간에 대한 메모이기도 하고, 시로 가기 위한 에센스라 불러도 좋습니다. 24절기를 칠정산 역법에 따라 시간의 흐름대로 배치했으나, 정해진 순서 없이 마음 가는대로 읽어주세요.

김옥자 이영열, 두 어머니께 절을 올립니다. 특히, 여러차례 조율을 거듭하며 진솔한 조언을 해주신 최수민, 이진혁 님께 감사드립니다. 투박한 원고를 말끔히 갈무리해주신 박정민, 박아경 님과 먼저 손 내밀어주신 정상혁, 김선영 님께 안부를 전합니다. 이 책의 모든 순간을 함께 해준 나의 늙은 고양이 이응과 배호에게 한결같은 사랑을 보냅니다. 참 고맙습니다.

2021년 상강 지나

강릉 파도살롱에서

차례

1부 겨울 일기
소반 위에 조생 귤

2부 **봄 일기**

제비의 벽돌색 목도리

3부 여름 일기
청개구리와 연잎 방석

4부 가을 일기

대숲에 오는 비는 슈슈, 슈슈슈

1부   **겨울 일기**

소 반 위 에 조 생 귤

입동 立冬

소설 小雪

대설 大雪

동지 冬至

소한 小寒

대한 大寒

입동 立冬

옥색 김장 배추

속이 꽉 차서

시원하게

반으로 쪼개는 소리

둘이서 첫눈

손이 찬 당신이
찻잔을 두 손으로 감쌀 때

따뜻한 밥뚜껑 위에
손을 올려놓을 때

나란히 걷다가
슬그머니 팔짱을 낄 때

두고 온 마음

집에 가는 길에 보았지
빛나는 돌

가져갈까 하다가
예뻐서, 너무 예뻐서
땅에 묻어두었네

하룻밤 자고 가도
그 자리에 있을까
빛나는 돌, 하얀 돌

주름

하늘의 주름은 누가 잡나
남쪽으로 날아가는 철새들이 잡지

바닷가의 주름은 누가 잡나
밀려오고 밀려가는 파도들이 잡지

할머니의 미간 주름은 누가 잡나
볍씨보다 작은 바늘귀가 잡지

소설 小雪

깊은 산
아무도 보지 못한
밤송이

고슴도치처럼
가시 이불을 덮고
첫눈을 맞는다

수묵화

먹색 번진 하늘에

후두두둑

백반 가루

흩뿌리는 싸라기눈

별똥별

겨울밤은 은반

스케이트 날이
스치면

자로 빗금을 친 듯
사선으로 떨어진다

겨울나무

거리의 은행나무
노랗게 타오를 때
저 혼자 푸르던 나무

잎도 열매도 없이
빈 몸으로 선 나무

대설 大雪

눈 쌓인
지붕마다

커다란 백설기
한채

유자차 한모금

방 안에
유자 한알이 굴러다닌다
실타래로 뭉친 향
구불렁 둥글렁
노란 실이 풀린다

국화 발자국

설탕이 내리듯
고요한 밤

차 밑에 길고양이
발 시려
한쪽 발을 드네

찬비

어느
투명한 영혼이
세상을 뜨는가

빗속의 새가
길게
울며 날아간다

수틀

수틀의
안팎을
드나들던 바늘

앗, 하는 사이

검지에
석류알만 한
피가 맺혔다

동지 冬至

도망치는
쥐의 발이
붉어라

동치미 항아리
퍽
터질 듯
추운 밤

입맛

혼자 사는 아버지
새벽부터 일어나

이마에 퐁퐁
뜨거운 김 쐬며

누룽지에
올려 먹는
돌산 갓김치

해돋이

자수정을 쪼개
흩뿌린 바다
새해가
사람들의 소원을 들어주느라
더디 올라온다

근하신년

할아버지
새 달력 들고
집으로 가는 밤

무의 단면처럼
차고 깨끗한
달이 떴습니다

소한 小寒

며칠째
낫지 않는 감기

귤피차가
피이, 피
끓는다

배

군고구마 먹고
동치미 마시고

귤 까먹고
노래진 손톱 보고

거울 앞에서
모아보니
두 손에 쥐고도 남는

눈길

나는 새로 핀 동백이 예쁘다 말하고

할머니는 떨어진 동백이 아깝다 하시고

살구 비누

목욕탕 갔다 오는 길
주머니에
살구를 넣은 듯
좋은 냄새가 난다
엄마 냄새가 난다

대한 大寒

밤새 내린 눈은
커다란 솜이불
세상 지붕 다 덮어도

보드득, 자륵
눈 밟는 소리는
덮지 못한다

동장군

찬 바람 쌩쌩 불면
청둥오리는 날개 속에
부리를 묻고
사람들은 목을 움츠려
작아지는데
고드름만 살금살금
키가 자란다

알쏭달쏭해

절할 때 왼손이 위로 오는지
오른손이 위로 오는지

엄마가 가져간
세뱃돈은
어디로 사라지는지

막내

귀밑에 검은 사마귀
부끄러워서
머리카락으로 슬쩍 가렸는데

자꾸만 가리키며
꼬집어
떼내려고 한다

따라쟁이

내가 책 보면
거꾸로 책 보고

내가 거울 보면
빗 가져오고

내가 컬링 경기 보면
밀대 가져와서
바닥을 문질문질

까치밥

까치가 감을 쫀다

고개를 숙이니
꼬리가 수평으로 뻗고

외줄 타는
곡예사처럼
가지가 끄덕끄덕

정월 대보름

보름달 밝은 빛에 가려

잘 보이지 않아도

제자리에서

빛나고 있습니다

진주알보다

작은 별

작별 인사

부산에 홍매화가 피었다길래
해 저무는 냇가로 나갔더니

가장자리 얼음이 물이 되어서
반짝이며 사라졌습니다

보풀

겨우내
두르고 다니던 목도리

올이 풀려
이제 그만 버릴까
하다가

한번 더 입기로 한다

2부   봄 일 기

제비의 벽돌색 목도리

입춘 立春

대문에 붙인
입춘축 귀퉁이

찬 바람에
나부낀다

우수 雨水

들불 지나간 들녘에
타는 듯 붉은 노을

기러기 나는 하늘
북(北)으로 구부러진
솔가지를 줍는다

葵陽多慶

해 뜬 뒤

솔잎에
알알이 맺힌 빗방울은
하룻밤 유리구슬

누가 다 깨트렸나?

눈꺼풀

참새의 눈꺼풀은 이불
메밀껍질보다 작지만

지구만큼 커다란
어둠을 덮네

초당

순두부탕처럼 뜬
양떼구름

양지에 앉아
손톱을 깎으니

순하고 심심한
하루가 간다

경칩 驚蟄

목마를 때 마시려고
물통을 챙겼더니

온 산에 고로쇠나무
링거병을 달고 있네

저녁밥

매지리 막국숫집 처마 아래
제비 부부 장해라

새끼도 넷
제 몸집보다 큰 집도 지었네

어미만 보면 새끼 제비들
마름모꼴
부리를 쫘악!

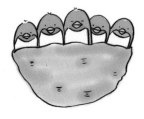

춘분 春分

붓끝 같은 봉오리
말할 듯 말 듯
망설이다가

한꺼번에

받아 적으라는 듯

확 피어버린다

강릉 관아의 매화

바람아, 너는 몸이 없는데
어떻게 알아보지?

휘늘어진 버들잎
허공을 빗질하듯이 흔들리잖아

바람아, 너는 발이 없는데
어떻게 너를 찾지?

매화 향기 십 리 길을 날아서
코끝에 와 닿잖아

손 없는 날

출입문 위에
명주실로 감은
북어

눈 뜨고
입을 쩍 벌리고
드나드는 손님 본다

화전

꽃은 잎이 변한 것일까
잎은 꽃이 변한 것일까

누굴까
진달래의 분홍
처음 입으로 가져간 사람

꽃의 행진

이제 다 왔니?
거의 다 와 가

하루에 삼십 킬로
꼬박 걸어서

남에서 북으로
올라오는 꽃무리

개나리 폭포

수십만의
병아리
하늘에서 깨어나

지상으로
낙하하듯

소란하다

청명 清明

다람쥐

도토리

묻어놓고 잊었나

붓촉만큼

뾰족 솟은

싹

식목일

종묘상에 간다길래
내 나무 사러 간 줄 알았지

당신이 봐둔 묫자리에
영산홍 사러 간 줄 몰랐어요

영원한 순간

벗꽃은 키스
눈 뜨고 꾸는 꿈
눈꺼풀에 닿자마자 녹는 눈

온몸으로 떨면서
빛을 빨아들이다가
점점이 희미해지는
순간의 눈부심

그 집 앞

언덕을 내려가니
라일락 꽃다발

콧등에 꿀을 찍은 듯
다디단 초저녁 공기

곡우 穀雨

봄비에 지는 벚꽃은
여러번 태어난다

논물 위에서 한번
돌확 위에서 한번

할머니 흰머리에 붙어서
또 한번

구름이 웅덩이에게

기름 낀 웅덩이
흐린 하늘을 담는다
봄날의 화사는
내 것이 아니라는 듯

높고 환한 구름의 결심을
못 본 체한다
밑바닥에 삶이 있다고

탁한 웅덩이 보지 못한다
기름띠 위에 무지개
얼마나 빛나는가를

봄빛의 영롱

갓 짜낸
물감의 윤기

물 마시는
고양이 수염에
맺힌 물방울

비둘기 목에
빛으로 짠
무지개 목도리

봄바람

내 마음은 바람에 실려
옆집으로 날아간
손수건 한장

빈 빨랫줄에
줄 그은
내 마음의 첫 문장

노을

지는 해
오렌지 사탕 같은 해

셀로판지 한장
지상에 내리고

태양을 물고
볼록해진
저녁의 볼

손바닥

몬스테라 잎 속에
나사가 있나 봐

돌돌 말린 잎을
느릿느릿 돌려서

시원하고
커다란 손바닥을
나에게 펴 보인다

오월의 종달리

담장 아래
톳이 마른다

구멍 난 검은 돌에
달팽이가 붙는다

담이 낮아
하늘이
눈썹까지 닿는 곳

안면도 바지락

굵은소금
투투, 투투투투
뿌리고

바락바락
바지락 씻는

아주머니의
붉은 손등

아까시 꿀

깨끗한
유리병에
꿀을 따른다

하늘의 리본이
내려오는 것처럼

구불구불
흘러내리는
황금빛 띠

오디와 버찌

어젯밤에 소나기
세차게 내리더니

작은 열매 땅에 떨어져

스치기만 해도
보랏빛 멍이 든다

인왕시장 모퉁이

두릅나무 새순이
할머니 엄지만큼
올라온 사이
서둘러
짧은 봄이 간다

김매기

명아주

질경이

고들빼기

발가락에 꽉 힘줘라

할머니 호미 들었다

태양의 조리개

유리창에 난반사되는
태양의 찬란

저렇게 멀리 있는데도
타는 듯 뜨겁다니

3부　　여름 일기

청개구리와 연잎 방석

입하 立夏

나뭇가지에
생쌀이 열렸네

입하입하입하
이팝나무

이팝이팝이팝
이밥나무

소만 小滿

까치는
한살 먹고
총총 뛴다

죽순이
순하게 일어서는
봄의 들판을

매실

배탈 나면
찻숟가락으로
매실 액을 떠서
입에 흘려주던 할머니
할머니, 하고 부르면
입이 먼저 시다

민물 냄새

어둠이 내리면
눈 가린 하늘
캄캄한 세상이 궁금해서

다슬기
슬그머니 뚜껑을 열고
속살을 내민다

궁남지의 가랑비

가늘게 긋는 사선
솔솔 흩날리다가

기름 바른
연잎 위에
몽글몽글 모여든다

망종 芒種

모내기 끝낸 삼촌
매실주 한병 비우고

푸시시 피시시
코 골며 잔다

분꽃 폭죽

새카만 분꽃
씨앗 속에

폭죽이
숨었나보다

어느 것은 진분홍
어느 것은 진노랑

옥춘 사탕 같은
색색의
꽃망울이 탕탕!

단오의 달빛

창포물에 머리 감은 듯
이마가 훤한 밤

비취가락지처럼
은은히 퍼져라

밤의 둘레여

담장 옆 접시꽃

빗물도 담지 못하면서
네가 무슨 접시꽃?
참새가 뾰로통 날아갑니다

휘늘어지게 꽃을 달고도
빈 접시로구나
스님이 합장을 하고 지나갑니다

홑겹으로 파라솔을 만드니
시원하게 쉬었어요
무당벌레가 인사하고 지나갑니다

딱따구리

숲속의
탁발승은 딱따구리

목탁 목탁 목탁
두드리며
염불을 왼다

비녀

할머니
쪽 찐 머리

의성 오일장
육쪽마늘만 하다

유월의 바람은

옥수수밭을 악동처럼 뛰어다니지
꿀을 나르는 벌을 붕 띄우지
연줄을 팽팽히 잡아당기지
큐빅을 깨트려 뿌린 듯
거미줄에 맺힌 이슬이 찰랑이지

하지 夏至

그림자는 짧고 해는 높아
하지감자 뜨겁기도 하지
온도계 빨간 막대가
조금씩 올라가면
매미가 울기 시작하지

아코디언

바다는 매일 쓰는 악보
파도는 화성이 바뀌는 음계

눈 감고 파도 소리 들어라

한줄씩 접힌 바다가
활짝 펼쳐진다

함흥냉면, 평양냉면

입덧이 심해서
매콤한 것만 찾는
이모는 함흥냉면

앞니 몇개가 빠져서
입이 옴팡 들어간
할머니는 평양냉면

소서 小暑

가스레인지에
애호박 젓국
끓고 있는데

남새밭에
고추 따러 간 엄마
김매고 계신다

초당 옥수수

옥수수 알갱이
이백개라면
옥수수수염도 이백개

옥수수 한알이
한살이라면
수염 난 옥수수는
이백살 할아버지

태풍

태풍 온다
커다란 팽이처럼
팽팽 도는 소용돌이

달팽이 등에
회오리 지나간 흔적
하늘의 지문이
찍혀 있다

꽃창포

너는 몰라

내 눈물에
멍든 사랑 숨은 줄

너는 몰라

내 마음에
뜨겁고 노란 사랑 빛나는 줄

서귀포의 파초

태풍이 지나가고
전쟁터에서
돌아온 장수 같다

잎은 갈기갈기 찢어졌어도
줄기는 꺾이지 않는다

대서 大暑

공사장 그늘막 아래
인부들이
종이 상자를 깔고 앉아
짜장면을 먹는다

작업화에 묻은
회반죽 하얗게 말라붙고

엉겅퀴는 멍든 깃을 달고

때로는 사랑이
너무 많아서
지는 것 같은 마음 드네
엉겅퀴, 엉겅퀴
실타래 엉킨 듯
가시 돋친 마음 드네

첫사랑

보고 싶어도 참아야
고운 물 든다길래
보고 싶어도 꾹 참고
기다렸더니

하룻밤 새
손가락이
쪼글쪼글 늙었네

첫사랑도 그런가봐요

소나기

소나기는
1초 만에 사라지는 왕국

투명한 왕관
수천 개
아스팔트 위에 부서지네

연잎 방석

개구리가
찹, 뛰니

물방울이
찰랑

도라지

폐가 아픈 이가
달여 마셨다는 도라지

오각형 꽃봉오리가
부푼 이유는

읍, 하고 숨을 모았다가
파! 하고 숨을 터트리기
때문입니다

맨드라미

꽃잎을 따다 붙였나?
장닭의 머리에
쪼뼛 솟은 볏

나팔꽃

아침에
조용한 얼굴 보여줬다가
해 들고
이슬 마르면

수줍어

몸을 배배 꼰다

할아버지

옥수수는
덥지도 않나봐
여러겹 껍질을 덮고

한여름에도 춥다고
이불 덮고 주무시던
할아버지 생각나네

홈런볼

야구공이 그림자를 떼버리고
외야로 쭉 뻗어나갈 때

운동장의 잔디는
홀로 기억합니다

태양의 땀 냄새
여름밤의 뜨거운 함성

해바라기

해바라기 노랗게 웃는 듯해도
씨앗은 새카만 얼굴

허난설헌의 능소화

내게서 기다림이란
꽃말을 거둬주세요

언제 오려나

어떤 것은 담장 밖으로
주렁주렁 목을 빼고

어떤 것은
송이째 떨어졌습니다

4부 가을 일기

대숲에 오는 비는

슈슈, 슈슈슈

입추 立秋

처서 處暑

백로 白露

추분 秋分

한로 寒露

상강 霜降

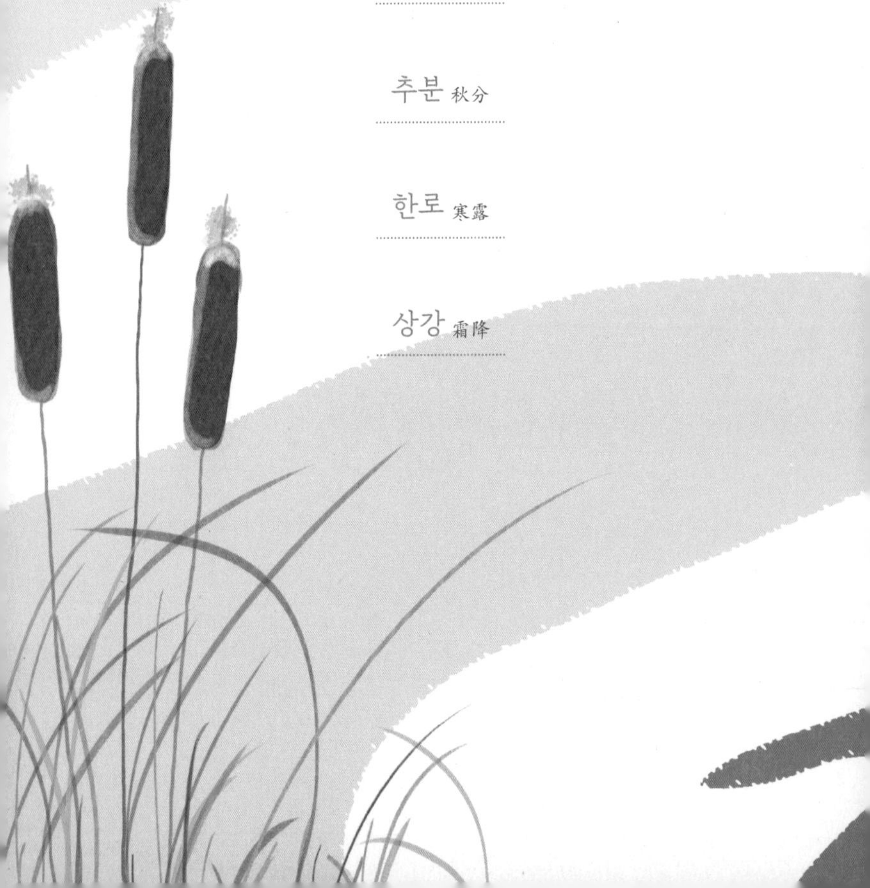

입추 立秋

매미 소리 잦아들고
귀뚜라미 울면

가을바람 타고서
은단처럼
조그만 별이 구른다

단꿈

바람 타고서
높이 날았지

태양의 노른자를
건드렸더니
빛이 터져버렸네

아까워라
아슬한 꿈
두번 꿀 수 없는 꿈

곱창김

진도 곱창김은
서남해 바다의 그물

볕도 들고
바람도 들고
파도 소리도 스며서

구멍이 숭숭 났다

호두 한알

호두는
나무의 살

작지만
견고한 완성

호두는
옹이 진 눈동자

한그루
나무의 몸

처서 處暑

빨래가 잘 마른다
밤송이가 여문다

바구니 속에
웅크린 고양이
코끝이 차다

가을볕

고양이는 신통해

따뜻한 이부자리를
잘도 찾아낸다

고양이 등에 내린
손수건만 한 이불

음치

선선한 밤
귀뚜라미 악공이
독주를 하는데

늙은 모기
눈치 없이
화음을 넣는다

홍옥

사과 한알
쿵!
떨어져
굴러간다

사각사각사각사각
ㄱ을 지우며
사과사과사과사과

8월 31일

하늘이 높다
구름이 낮다
가을이
한뼘씩
높아진다

기쁨

갓 구운 호밀빵의
황금색 아름다움

손가락을
폭 눌렀다 떼면
다시
봉긋이 차오르는

백로 白露

새벽안개
한지처럼 스며든다

젖은 발등에
여치처럼 튀는
풀벌레 소리

비가 오려나

개미가
점점, 점점점점
줄지어 간다

고추잠자리가
이마를 스치며
낮게 난다

할머니가
손마디를 주무르며
하늘을 본다

가을장마

대숲에 비 오면
슈슈 슈슈슈슈슈

댓잎에 바람 일면
스 스스스스 스스

잎사귀의 왈츠

바람을 타고
높이 들어 올려져
핑글핑글 돈다

단 한번도
뿌리와 떨어진 적 없는
떡갈나무 잎사귀

주문진 가자미

한줄로 주르륵 꿰여
바람을 맞는다
꾸덕꾸덕 말라간다

헤엄치던 푸른 바다
더 오래 보고 가려고
눈꺼풀이 없는 가자미

추분 秋分

청설모
달아나자

횡재다!

다람쥐 앞에
도토리가
툭!

솔방울

소나무는 정교한
나무 조각가

잔비늘로 덮은
나무공을

트리처럼 매달았네

간이역

기찻길 옆
벌통에 꿀이
모이지 않는다

잠자리 날아간 뒤
코스모스의 진동

엿가락처럼
흰 기찻길 위에
햇빛만 쟁글쟁글

티끌의 노래

내 사랑이 얼마나
크냐면요
토끼풀 한잎만큼이요

내 사랑이 얼마나
크냐면요
매실 한알만큼이요

내 사랑이 얼마나
높으냐면요
순천만의 갈대
한마디만큼이요

가을 하늘

하늘 한장 떼다가
감으로 눌러놓고

거울 닦듯이 들여다보자
내 마음을 들여다보자

은박 입힌 흐린 하늘
동전으로 살살 긁으면
드러난다 푸른 하늘

감

국화꽃 필 무렵
홍시가 되었다가
첫눈 오면
반 건시도 되었다가
메주 뜨는 냄새 나면
곶감도 되었다가

한로 寒露

살짝 건드려도
벌어지는
바싹 마른 콩깍지

성질 급한 팥이
팔팔 튄다

억새

염색물이 다 빠졌나보다
은빛 머리카락
바람에 날리며

내가 안 보일 때까지
잘 가라고
잘 가라고 손 흔든다

모과 형제

어떤 것은
외삼촌 주먹만 하고

어떤 것은
풋감보다 작게 달렸다

크기는 달라도
뿌리가 하나라 향은 같다

가을 유감

늦깎이 감은
이제야 물들기 시작했는데
정수리에 서리가
먼저 앉다니

상강 霜降

이른 아침
입김을 날리며 걷는다

셔벗 아이스크림처럼
부서지는
발아래 살얼음

서릿길을
셔벗셔벗

서리 맞은 국화

벽에 걸어둔
국화 한단
바싹 마르면

오겠지요
후회도 후련히
가벼워질 날이

서릿길을 셔벗셔벗

초판 1쇄 발행 • 2021년 12월 6일

지은이 / 싱고
펴낸이 / 강일우
책임편집 / 최수민
조판 / 박아경
펴낸곳 / (주)창비
등록 / 1986년 8월 5일 제85호
주소 / 10881 경기도 파주시 회동길 184
전화 / 031-955-3333
팩시밀리 / 영업 031-955-3399 · 편집 031-955-3400
홈페이지 / www.changbi.com
전자우편 / lit@changbi.com

* 이 책은 강원문화재단 '강원 작가의 방' 사업의 지원을 받아 발간되었습니다.